COLLECTIONS

DE M. DE LA SAUSSAYE

CHATEAU DE TROUSSAY

Près Cour-Cheverny (Loir-et-Cher)

OBJETS D'ART

VENTE AUX ENCHÈRES PUBLIQUES

Du Mercredi 15 au Samedi 25 Juin 1887

1887

Vve RENOU ET MAULDE
IMPRIMEURS DE LA COMPAGNIE DES COMMISSAIRES-PRISEURS
Rue de Rivoli, 144

Collections de M. de la SAUSSAYE

GARNISSANT LE CHATEAU DE TROUSSAY

Près Cour-Cheverny (Loir-et-Cher)

CATALOGUE

DE

MEUBLES ET OBJETS D'ART

ANCIENS

BEAUX MEUBLES DES XVe, XVIe ET XVIIe SIÈCLES

IMPORTANTE COLLECTION

DE FAIENCES ANCIENNES FRANÇAISES

Dont une superbe Vasque en Nevers, fond bleu de Perse

NOMBREUSE COLLECTION D'OBJETS EN FER FORGÉ

TELS QUE :

Serrures, Clefs, Loquets, Verrous, Pentures, Entrées,
des XVe et XVIIIe Siècles.

TABLEAUX ANCIENS, CADRES SCULPTÉS

60 Tapisseries anciennes et Étoffes

MOBILIER MODERNE

CHEVAUX, VOITURES, HARNAIS

DONT LA VENTE AURA LIEU

AU CHATEAU DE TROUSSAY

Du Mercredi 15 au Vendredi 24 Juin 1887

Par le ministère de **Me HUAN**, notaire à Contres (Loir-et-Cher).

EXPOSITIONS PUBLIQUES

Les 11, 12, 13 et 14 Juin 1887, de midi à cinq heures.

PARIS. — 1887

CONDITIONS DE LA VENTE

Elle sera faite au comptant.

Les Acquéreurs paieront DIX POUR CENT en sus des adjudications, applicables aux frais.

Le Notaire chargé de la Vente, se réserve la faculté de réunir ou diviser les lots.

En cas de contestation sur une enchère, l'Objet sera remis immédiatement en Vente.

L'ordre numérique du Catalogue ne sera suivi à aucune des Vacations.

Aucun Objet ne sera retiré avant la Vente ou vendu à l'amiable.

NOTA

Le Château de TROUSSAY est à 2,500 mètres de Cour-Cheverny. Un service d'omnibus est établi pour la Durée de la Vente.

ORDRE DES VACATIONS

Mercredi 15 Juin 1887

Faïences anciennes........................ Nos 301 à 454

Jeudi 16 Juin 1887

Faïences anciennes........ Nos 216 à 300. Nos 777 à 828

Vendredi 17 Juin 1887

Fers et Fontes.......................... Nos 455 à 577

Samedi 18 Juin 1887

Fers, Fontes et Serrures.................. Nos 578 à 699

Lundi 20 Juin 1887

Objets d'art Mobiliers...................... Nos 1 à 80

Mardi 21 Juin 1887

Objets d'Art Mobiliers, le Mobilier de cuisine. Nos 81 à 164

Mercredi 22 Juin 1887

Tableaux, Gravures .... Nos 165 à 215
Objets divers.............................. 717 à 776

Jeudi 23 Juin 1887

Tapisseries étoffées........................ Nos 700 à 716

Vendredi 24 Juin 1887

Les Objets omis : Mobilier Moderne, Chevaux, Voitures, etc., etc.

Samedi 25 Juin 1887

Les Objets non vendus dans les Vacations précédentes et les Objets omis.

DÉSIGNATION

OBJETS D'ART

MOBILIER DE TROUSSAY

1 — Très grand coffre de l'époque Louis XIII, en bois sculpté et marqueté; la face principale ornée de quatre cariatides en haut relief, dans les intervalles desquelles sont placées des armoiries sculptées, peintes et dorées, surmontées de Casques; le panneau central représente une figure allégorique de la Justice. Les Armoiries sont celles des familles (Anderten), (W. A. Pen), (W. A. Penes Ber lin Rorsi), (W. A. Pen der Blomen); les côtés de ce meuble sont ornés d'un double panneau sculpté portant le monogramme du huchier et la date 1651; les poignées en fer de l'époque.

Meuble en parfait état de conservation.

H. 0m94. L. 2m15.

2 — Très beau meuble crédence de la fin du XVe siècle, en chêne sculpté, dont les deux portes principales représentent Sainte Catherine et l'autre le Martyre de Saint Etienne, avec figures tirées de l'Apocalypse.

Sur le côté gauche du meuble, une Porte à ogives sculptées avec serrure de même époque en fer repercé et ciselé, le loquet avec une face humaine d'une exécution remarquable, la clef au chiffre des Montmorency.

L'une des Portes de la face est ornée d'une serrure à meneaux, ogives, et remarquable dais fleurdelisé : toutes les portes sont ornées de leurs pentures en fer repercé. Le verrou est orné à son extrémité d'une figure d'ange aux ailes éployées.

Meuble en très bel état de conservation.

H. 1^m^40. L. 1^m^45.

3 — Quatre Chaises époque Henri II, à dossier, et Siège carré en noyer, marqueté de bois de couleur et d'ivoire. La ceinture du siège ainsi que le dossier, sont également marquetés. Ce dernier est chargé d'un motif d'ornementation sculpté se terminant par une fleur de lys.

Remarquable travail français.

4 — Huit Chaises, même époque : Les piétements de face tournés horizontalement, bien conservées.

5 — Trois Chaises; même époque.

6 — Coffre à bois. Le panneau de face, sculpté en haut relief, représente un arbre, dit de Jessé. (Généalogie de la Vierge.)

7 — Très beau meuble formant crédence, de l'époque de Louis XIII, en marqueterie de bois de couleur et d'étain. Il est supporté par des cariatides sculptées en ronde bosse dorées et est surmonté d'une galerie à balustres tournés, supportant quatre statuettes dorées, représentant les Saisons.

H. 2m, L. 0m62.

8 — Bibliothèque à deux portes vitrées en bois d'ébène, ornée de bronze, époque Louis XIV.

H. 2m15, L. 1m10.

9 — Autre Bibliothèque même époque, à filets de cuivre.

H. 2m, L. 0m80.

10 — Fauteuil et Chaise époque Louis XIII, en noyer sculpté. Les dossiers et la face ornés de rinceaux et d'un aigle aux aigles éployées.

11 — Autre Chaise époque Louis XIII, en noyer tourné et à bandes en bois découpé.

12 — Fauteuil et quatre Chaises époque Louis XIII, en noyer tourné, tors.

13 — Table époque Louis XIII en noyer tourné. Le piètement est relié par un X.

14 — Rouet de même époque, en noyer tourné.

15 — Grande Stalle en noyer. Les bras sculptés sont supportés par des balustres.

Travail français de la fin du XVIe siècle.

16. — Meuble à deux corps en noyer sculpté.

Travail français, de l'époque Louis XIII.

17 — Belle Stalle du XVIe siècle, en noyer sculpté. Le dosseret, les bras et la face à ornements, style de Ducerceau. Les bras supportés par des colonnes cannelées. Le siège forme coffre.

18 — Autre belle Stalle de même époque, à rinceaux sur le dosseret et la face. Les balustres supportant les bras sont tournés et sculptés.

Beau travail français. Le siège forme coffre.

19 — Très jolie Crédence du XVIe siècle. La partie supérieure est ornée de portiques avec motifs en haut relief, enroulés sur eux-mêmes. Ceux des côtés représentent un Petit Monument avec une porte entr'ouverte. La partie inférieure supportée par des colonnes cannelées est ornée d'un magnifique pendentif du plus beau style.

Meuble français d'une grande distinction et d'un goût délicieux.

H. $1^{m}40$. L. $1^{m}05$.

20 — Meuble à deux corps en noyer sculpté marqueté de bois de couleur, travail analogue aux chaises du numéro 3.

Beau travail français de l'époque de Henri II.

H. 1m70. L. 1m18.

21 — Beau meuble Dressoir époque Louis XIII, en noyer sculpté et tourné. Tablettes ornées d'arceaux.

H. 2m40. L. 1m30.

22 — Autre Dressoir de même époque, en noyer sculpté et tourné.

H. 2m40. L. 1m35.

23 — Très beau Meuble crédence, modèle dit de Ducerceau. La partie supérieure, supportée par quatre colonnes reliées, est ornée de marqueterie de bois de couleur. La crédence intérieure est supportée par deux colonnettes, dites fuseaux, et sa porte est marquetée d'un trophée militaire avec casque, étendard et armure.

H. 1m50. L. 1m10.

24 — Belle Table du XVIe siècle, en noyer. Le piétement, à double croisillon, est orné de neuf colonnettes la supportant. Le quart de rond est sculpté.

Travail français.

H. 1m28. L. 0m70.

25 — Table de même époque, à rallonges. Le piétement, à simple croisillon, est orné de sept colonnes tournées la supportant.

Beau travail français.

L. 1m45. L. 0m78.

26 — Crédence en chêne sculpté du XVe siècle. Les panneaux de style ogival, le manteau de la crédence terminé par un pendentif représentant une figure tenant un livre. Travail français. H. $1^{m}45$. L. $1^{m}25$.

27 — Quatre Chaises de l'époque Louis XV, en noyer marqueté de bois de couleur, vase et fleurs. Les sièges recouverts en velours d'Utrecht.

28 — Six Chaises, dont quatre à dossiers cintrés, époque Louis XV, recouvertes en cuir ancien de Cordoue.

29 — Fauteuil époque Louis XIV, avec coussin recouvert en tapisserie au point de la même époque.

30 — Soufflet en noyer sculpté, style de la Renaissance.

31 — Beau Meuble à deux corps, époque Louis XIII, en noyer sculpté, à colonnes plates et colonnes détachées cannelées. La frise et la ceinture ornées de très beaux masques sculptés. H. 2^{m}. L. $1^{m}55$.

32 — Bas de meuble, de même époque, en noyer sculpté. H. $1^{m}05$. L. $1^{m}32$.

33 — Meuble époque Louis XIII, en noyer, à moulures, quatre portes et deux tiroirs. H. $1^{m}90$. L. $1^{m}15$.

34 — Mobilier de salon, époque Louis XV, composé de : Canapé et six Fauteuils en bois sculpté et doré, recouverts en brocatelle de soie. Deux Chaises recouvertes de même.

35 — Beau Fauteuil époque Louis XIII, en noyer sculpté, richement orné, recouvert en tapisserie au point.

36 — Autre Fauteuil époque Louis XIII, en noyer, recouvert en tapisserie au point.

37 — Beau Fauteuil époque Louis XIV, en noyer sculpté.

38 — Servante quadrangulaire, époque Louis XIII, en noyer tourné.

39 — Jardinière ovale, époque Louis XVI, acajou cannelé, à quatre pieds tournés unis.

40 — Bois d'écran époque Régence, en noyer sculpté, forme cintrée.

41 — Tabouret époque Louis XIII, à pieds en S, recouvert en tapisserie au point.

42 — Deux grandes Consoles, époque Louis XV, en bois sculpté et peint. H. 0m90.

Ces Consoles, reliées entre elles, forment une table de salon.

43 — Très jolie Table à ouvrage, époque Louis XVI, en marqueterie de bois rose et de bois de violette, dite damier, à trois pieds cintrés. La porte à coulisseau laisse voir trois tiroirs.

44 — Petite Table Louis XV en noyer, à pieds cintrés.

45 — Petite Table époque Louis XV, forme contournée, dite bureau de dame, en marqueterie de bois rose et de bois de couleur, à damier.

46 — Bureau à cylindre, époque Louis XVI, surmonté d'une vitrine, forme dite bonheur-du-jour, marqueterie de bois rose et bois de couleur.

47 — Encoignure de l'époque de la Régence, en marqueterie de bois rose et bois de violette.

48 — Fauteuil époque de la Régence, en noyer sculpté, recouvert en tapisserie au point.

49 — Très beau Panneau, votif du xve siècle, sculpté en haut-relief, représentant le Portement de la croix et la Crucifixion. Les figures sont peintes de l'époque. L'encadrement de ce panneau, orné d'arabesques, est un travail français du xvie siècle. Morceau très remarquable par l'intérêt des costumes des personnages (environ 30 figures). H. 1^{m}50 sur 0^{m}60.

50 — Panneau provenant d'un retable, représentant le Baiser de Judas. Travail du xve siècle.

51 — Encoignure, époque de la Régence, en marqueterie de bois rose et bois de violette.

52 — Autre Encoignure, époque de la Régence, en bois de violette cannelée de cuivre.

53 — Joli petit Chiffonnier, époque Louis XVI, en marqueterie de bois rose et bois de couleur.

54 — Commode à quatre tiroirs, avec ressaut sur la face, en marqueterie de bois rose et bois de palissandre. Travail français, ép. Louis XVI. H. 0^{m}90. L. 1^{m}27.

55 — Belle Commode, époque Louis XVI, en marqueterie de bois rose et bois de violette, à damier en perspective, côtés cintrés et pieds de forme Louis XV. Travail français. H. $0^{m}90$. L. $1^{m}15$.

56 — Quatre Fauteuils et un Canapé, époque Louis XV, en bois sculpté peint blanc et doré, recouverts en soie brochée, même époque. Le canapé est orné sur les côtés de joues.

57 — Ecran époque Louis XVI en bois sculpté peint blanc et vert. La feuille en broderie de soie chinoise.

58 — Table époque Régence. Très belle marqueterie de bois de couleur et ivoire, oiseaux, insectes et fleurs. Long. $1^{m}12$, Larg. $0^{m}75$.

59 — Table de nuit très jolie en bois de rose, époque Louis XV.

60 — Prie-Dieu en chêne sculpté, formé par trois panneaux anciens à rinceaux gothiques (xve siècle).

61 — Petit Lit époque Louis XVI, en bois sculpté peint blanc, à colonnes carrées cannelées. Larg. $1^{m}10$.

62 — Crucifix en bois sculpté avec cadre en bois sculpté, époque Louis XIV.

63 — Autre crucifix en ivoire, travail français, époque Louis XIV, avec cadre en bois sculpté et doré, même époque.

64 — Lit époque Louis XVI. Larg. 1m32

65 — Deux Médaillons époque Louis XIV, bois sculpté doré, représentant Jésus et la Vierge.

66 — Table à Jeu de trictrac, époque Louis XVI, en bois de rose.

67 — Bureau époque Louis XV, forme dite à dos d'âne, bois de violette.

68 — Commode époque Louis XVI, marqueterie bois rose et bois de violette.

69 — Table à ouvrage en acajou, à trois tiroirs, époque Louis XVI. Cette table forme écran.

69 *bis* — Bergère époque Louis XVI, à pieds cannelés.

70 — Trois chaises même époque, à médaillons ovales et deux Fauteuils même époque, recouverts en soie Louis XVI, à rayures.

71 — Secrétaire époque Louis XVI, en marqueterie de bois rose et bois de couleur.

72 — Petite Commode Louis XVI. Travail analogue au n° 71.

73 — Deux Fauteuils époque Louis XVI, peints blanc, recouverts en cretonne.

74 — Meuble Louis XIII, en noyer.

75 — Très beau Bois Louis XIV. Fauteuil sculpté.

76 — Bois Fauteuil. (Régence).

77 — Grande Chaise longue Louis XIII, en bois de noyer.

78 — Panneau, dessus de porte sculpté.

78 *bis* — Tabouret Louis XIII.

79 — Très jolie Commode Louis XV, forme contournée et ventrue, en marqueterie, bois rose et bois de couleur à damier, au centre, dans un encadrement de bois de couleur, beau bouquet de fleurs, meuble français orné de ses bronzes, en bon état de conservation. H. 0m90. L. 0m92.

80 — Très belle Commode de la Régence, à forme contournée ventrue, dite Tombeau, en marqueterie de bois de violette, ornée de ses bronzes; très belles chutes. Travail français. H. 0m90. L. 1m32.

81 — Petit Chiffonnier Louis XVI en merisier, avec filets, en bois d'amarante. H. 1m 60. L. 0m 40.

82 — Table-Bureau en acajou, filets de cuivre, époque Louis XVI.

83 — Toilette Louis XV, dite Pompadour, en bois de rose et bois de violette.

84 — Grande Chaise longue en noyer sculpté, époque Louis XIV.

85 — Porte-fontaine Louis XIII.

86 — Console à pieds cannelés, époque Louis XVI (manque un tiroir).

87 — Six Fauteuils en bois peint blanc, Louis XVI.

88 — Table Louis XIII, en noyer, recouverte en tapisserie au point.

89 — Bergère Louis XV, à bouquet de roses, recouverte en velours d'Utrecht.

90 — Lit de l'époque Louis XVI, en noyer, à colonnes détachées, cannelées.

91 — Commode en acajou de Louis XVI, à angles cannelés.

92 — Table de nuit en marqueterie de bois de r se et de couleur.

93 — Petite Boite cartel en noyer sculpté, Louis XV.

94 — Table de nuit et petite Table Louis XV.

95 — Beau Fauteuil Louis XV, sculpté, recouvert en velours d'Utrecht à rayure rouge.

96 — Deux jolies Chaises Louis XV, en noyer sculpté, recouvertes en velours d'Utrecht.

97 — Armoire Louis XV.

98 — Buffet Louis XIII, en chêne.

99 — Chaise longue Louis XV, à deux compartiments, dossier à médaillon, pieds cannelés.

100 — Lit et Armoire à glace 1er Empire, en acajou, ornés de bronze doré.

101 — Très belle Tête de chaise longue sculptée, époque de la Régence.

102 — Deux jolies Chaises légères Louis XVI, dossiers à lyre, ornées de perles.

103 — Meuble Louis XIII, de forme droite. Larg. 0m84.

104 — Autre Meuble Louis XIII, à deux corps et à palmettes sculptées.

105 — Bas de Meuble de même époque.

106 — Commode Louis XV, en marqueterie de bois de couleur et de bois rose.

107 — Chaise longue, en noyer sculpté, époque Louis XV.

108 — Deux Chaises, époque Louis XV.

109 — Table, époque Louis XIII.

110 — Commode Louis XVI, en acajou.

111 — Belle Glace de l'époque Louis XIV, biseautée, à pans renversés, ornée de très belles appliques en cuivre, repoussées et dorées, surmontée d'un très beau fronton, de même. H. 1m60. L. 0m95.

111 *bis* — Beau Secrétaire, époque Louis XVI, en marqueterie de bois rose et de bois de couleur. L'abattant orné d'un trophée d'instruments de musique et d'oiseaux; les côtés décorés de vases et bouquets de fleurs.

112 — Très belle glace Louis XV, cadre en bois sculpté et doré, style dit rocaille. Très bel état de conservation. H. 2m. L. 0m96.

112 *bis* — Console de l'époque Louis XVI, en acajou, à pieds cannelés garnis de cuivre.

113 — Autre très belle glace de l'époque de la Régence, cadre en bois sculpté, avec guirlandes de fleurs dans le goût de Bérain. Bel état de conservation. L. 1m12. H. 2m40.

113 *bis* — Petite Table à ouvrage; trois tiroirs époque Louis XV, en marqueterie de bois de rose.

114 — Petite Glace d'entre-deux, époque Louis XVI.

114 *bis* — Commode de l'époque Louis XVI, en marqueterie de bois de rose et bois de couleur.

115 — Miroir de l'époque Louis XIII, à pans renversés, monture bois noir, orné d'appliques en cuivre, repoussé et doré. L. H. 0m93. 0m63.

115 *bis* — Deux Chaises de l'époque Louis XVI, dossiers à lyre, fort jolie forme.

116 — Miroir de l'époque Louis XIV, cadre en bois sculpté et doré, à fronton orné d'un oiseau aux ailes éployées. L. 0m56. H. 1m15.

116 *bis* — Quatre Fauteuils époque Louis XVI.

117 — Deux petites Glaces appliques; Vénitiennes, époque Louis XIV, cadre en bois sculpté doré.

117 *bis* — Lit en bois peint et sculpté, époque Louis XVI.

118 — Glace Louis XVI avec joli fronton à nœud de rubans et guirlande de laurier, bois sculpté doré. H. 1m 60. L. 0m 80.

118 *bis* — Table à pieds tors, en noyer, époque Louis XIII.

119 — Glace de l'époque Louis XVI, cadre bois sculpté, surmontée d'un trophée à carquois et ruban, bande de laurier. H. 1m 03. L. 0m 60.

119 *bis* — Deux Fauteuils époque Louis XIV.

120 — Très jolie Glace de l'époque Louis XV, cadre en bois sculpté rocaille, avec guirlande de fleurs; pièce d'un très bon goût en parfait état de conservation. H. 1m 50. L. 0m 88.

121 — Glace de l'époque Louis XVI, cadre en bois sculpté et doré. H. 0m 80. L. 0m 72.

122 — Cheminée en bois sculpté, époque Louis XIV. (Pièce démontée).

123 — Deux Cadres en bois sculpté époque Louis XIV, motifs de carquois.

124 — Cadre à touffes de chêne, époque Louis XIV.

124 *bis* — Deux Cadres plus petits à angles de fleurs; même époque.

BRONZES

125 — Paire d'Appliques à deux lumières, de l'époque Louis XV, en bronze ciselé et doré.

126 — Paire de Flambeaux, même époque, ciselés et dorés.

127 — Paire de Flambeaux Louis XIV, à balustres triangulaires.

128 — Paire de Chenets de l'époque Louis XVI, bronze ciselé et doré, à petite galerie à jour.

129 — Très jolie Pendule de l'époque Louis XVI, formant un cippe surmonté d'une figure d'Amour assis, le pied gauche appuyé sur un masque barbu.

Pièce en parfait état de conservation, ciselée et dorée. H. $0^{m}49$. L. $0^{m}33$.

130 — Paire de Flambeaux de l'époque Louis XVI, bronze ciselé et doré. Modèle à balustre cannelé. H. $0^{m}39$.

131 — Paire de Girandoles à trois lumières, époque Louis XVI. Bronze ciselé et doré.

132 — Deux Appliques, deux lumières, bronze doré, époque Louis XVI.

133 — Paire de Chenets, époque Louis XIV, bronze doré.

134 — Paire de Chenets de l'époque Louis XV, bronze ciselé, doré, modèle rocaille, avec figures bergère et berger.

135 — Paire de Flambeaux, Bouts de table à deux lumières, en bronze doré.

136 — Pendule de l'époque Louis XV, en bronze ciselé, et doré, portée par un arbre orné de fleurs en porcelaine de Saxe, le mouvement signé Dey à Paris.

137 — Paire d'Appliques époque Louis XV, à 2 lumières, en fer découpé, peint et doré ; branches de feuillages avec fleurs, en porcelaine de Saxe.

138 — Autre Paire de même époque et de même travail avec ruban.

139 — Autre Paire à 3 lumières, de même époque, à rubans.

140 — Autre Paire à 2 lumières, de même époque, même travail ; dorée.

141 — Autre Paire de même travail et époque.

142 — Encrier en bronze époque Louis XIV, ciselé et doré (comprenant sonnette et récipients pour la poudre et l'encre).

143 — Boite à éponge en bronze argenté, époque Louis XIV.

144 — Quatre Flambeaux bronze argenté, style gothique.

145 — Crucifix bronze argenté, même style.

146 — Pendule de l'époque de la Renaissance, cuivre, gravé et doré; le sujet représente Apollon poursuivant Daphné.

147 — Cartel de l'époque Louis XVI, bronze ciselé, doré, très joli modèle à vase et guirlande de lauriers.

148 — Lustre de l'époque Louis XIII, 10 lumières.
Travail flamand.
H. 1m 10.

149 — Pendule de l'époque Louis XIII, forme dite religieuse, mouvement compensé, à minutes et secondes. (Signée : Ph. Wick London.) Bel état de conservation, sonnerie à carillon.

150 — Paire d'Appliques à une lumière, en bronze ciselé, époque Louis XIV.

151 — Sucrier à saupoudrer en bronze ciselé et gravé, argenté époque Louis XIV.

152 — Petit Cartel à accrocher, marqueterie d'écaille et de cuivre orné de bronzes dorés. Travail de Boulle, époque Louis XIV.

153 — Deux Paires de Flambeaux en bronze argenté, époque Louis XVI.

154 — Paire de Girandoles à 2 lumières, en cuivre plaqué, époque de Louis XVIII.

155 — Paire de chenets époque Louis XVI, bronzes ciselés, dorés, modèle à vase.

156 — Paire de Flambeaux cuivre, époque Louis XII.

157 — Autre Paire de Flambeaux de même époque.

158 — Paire de Flambeaux, cuivre, gravé, doré, époque Louis XIV.

159 — Paire de Flambeaux.

160 — Divers Morceaux; Bronzes provenant de meubles.

161-162-163-164 — Sous ces numéros, Divers Objets bronze, non décrits.

TABLEAUX ET CADRES

165 — **École française**. Portrait d'Achille d'Herbelin fondateur de l'Ordre des Minimes, à Blois.

166 — **École française**. Portrait de Suzanne de Meulles.

167 — **École française**. Portrait de Mathurin de la Saussaye, évêque d'Orléans, fondateur de l'Église Saint-Jacques-la-Boucherie, député aux états de Blois en 1626.

NOTA. — Ce personnage fit construire la tour de cette Eglise de ses deniers.

168 — **École française**. Portrait de Jeanne de la Saussaye.

169 — **Vestier**. Portrait d'Olivier de la Saussaye, capitaine des chasses de Chambord.

170 — **Raibolini**, dit **Francia**. Vierge et Enfant assis sur un trône; derrière elle sainte Anne, au premier plan saint Jean enfant assis.

Très beau dessin aux crayons de couleurs, exécuté dans la manière de Raphaël.

Œuvre remarquable du plus beau style de la Renaissance italienne.

Cadre en bois sculpté et doré, de l'époque de Louis XIV.

H. 43m. L. 33.

171 — **Musscher** (Michel Van). Portrait de Jehan de Bugy, écuyer du Roy; seigneur de Troussay, la Broneuse, les Caboissières et autres lieux, mort en 1647. Cadre en bois scupté.

H. 0m 49. 0m 41.

172 — **Lefèvre**. Portrait d'un seigneur de Troussay, à l'âge de 38 ans. Cadre ovale en bois sculpté, époque Louis XIV.

173 — **Tournières**. Portrait de Louis de Bugy, seigneur de Villebon et de Troussay, mort en 1669. Beau cadre en bois sculpté, de l'époque de Louis XIV.

174 — **Tournières**. Portrait de Marie Guerry d'Izy, épouse de Louis de Bugy. Beau cadre en bois sculpté, de l'époque Louis XIV.

175 — **Belle**. Portrait de Jean de Rodde, seigneur de Longueville, conseiller du Roy et lieutenant des eaux et forêts de Romorantin. Beau cadre en bois sculpté, de l'époque Louis XIV.

176 — **École française.** Portrait de Louis de Pelluys et de sa femme Gabrielle Le Cocq. Cadre en bois sculpté, époque Louis XIV.

177 — **Nattier** (École de). Portraits de Gabrielle et Catherine de Pelluys. Cadre en bois sculpté, époque Louis XIV.

178 — **École française.** Portrait d'Elisabeth de Bugy, dame de Troussay. Cadre ovale sculpté.

179 — **Mignard** (Pierre). Portrait de Jehan de la Saussaye, Président de la Chambre des comptes de Blois sous Louis XIV. Cadre ovale en bois sculpté.

180 — **École française.** Portrait de Louis de Réméon. Beau cadre en bois sculpté.

180 *bis* — **École française.** Portrait de M. de Réméon. Pastel cadre ovale en bois sculpté, avec beau nœud de rubans.

181 — **École française.** Vue panoramique de la ville de Blois, prise du côté de la Butte des Capucins.

Gouache peinte en 1714, au milieu de laquelle est un cartouche représentant également la Vue de la Ville, prise du faubourg de Vienne. Gouache très intéressante pour l'histoire du Blaisois.

182 — **École française.** Deux Tableaux.

183 — **École italienne.** Deux Panneaux représentant saint Pierre et saint Jean.

184 — **Ecole espagnole**. La Vierge au chapelet; Peinture sur cuir gaufré. Très joli cadre en ébène guilloché de l'époque Louis XIII.

185 — **Franck** (François). Jésus présentant la croix. Cadre en bois sculpté et doré.

186 — Très beau **reliquaire** de l'époque Louis XIII. Beau cadre en bois sculpté.

187 — **Latour** (Maurice-Quentin de). Portrait d'homme. Petit pastel.

188 — **École française**. Portrait de Morvilliers, évêque d'Orléans, garde des sceaux de France.

189 — **Bourguignon.** Bataille de Marignan.

190 — Deux Portraits. Le Chevalier de Réméon et sa femme.

191 — **Raoux**. Le Galant Berger. (Dessus de porte).

192 — **École française.** Portrait de femme époque Louis XIV.

193 — **Rembrandt.** Portrait de la mère de l'artiste. (Dessin aux crayons de couleur).

194 — **Leconte de Roujou**. Intérieur d'un Porche d'Italie.

195 — **École française**. La Vierge et l'Enfant. Gouache. Cadre en bois sculpté.

196 — **École française.** Tête de Vierge. Broderie de soie.

197 — **École française.** Gravure excessivement rare « représentant le vray pourtraict de l'Assemblée des Estats tenuz en la ville de Bloys, au moys de décembre l'an mil cinq cent soixante-et-seize ».

Cette gravure sur bois, excessivement rare, a été publiée à Paris, chez Mangnier, rue Neufve Nostre-Dame, à Image saint Jean-Baptiste, et en sa boutique, au Palais, en la gallerie par où on va à la chancellerie, 1577, avec privilege du Roy.

198 — Portrait de Louis Trotté, gravé d'après Tortebat par Picault. Cadre en bois sculpté.

199 — Portrait de Nicolas de Bertier, évêque de Blois, gravé d'après Rigaud par Le Roy. Cadre en bois sculpté.

200 — Profil de la ville de Blois vu du côté de l'occident. Gravure de l'époque Louis XIV.

201 — Vue de Blois en 1611. Gravure sur bois coloriée.

202 — **Leconte de Roujou.** Vue du Port de Marseille.

203 — **Leconte de Roujou.** L'Arno à Florence.

204 — **Eisen.** Deux Gravures. Offrande à Vénus et les Délices de la vie champêtre. Belles épreuves.

205 — **Leconte de Roujou.** L'Étang aux Moutels.

206 — **Leconte de Roujou.** Vue du Château des Papes à Avignon.

207 — Deux Gravures. Cadres en bois sculpté époque Louis XIV.

208 — **Ecole française.** Deux Tableaux. Dessus de porte. Scènes de la comédie italienne.

209. — **École française.** Dessus de porte. Conversation champêtre. Genre de Boucher.

210 — **Oudry.** Chasse au sanglier. Camaïeu bleu.

211 — **Post.** Paysage. Château en ruines.

212 — **Ecole française.** Vierge et sainte Anne. Gouache.

213 — **Bachelier.** Nature morte.

214 — **Breughel** (Pierre). Fête villageoise.

215 — **École française.** Scène pastorale d'après Lancret. Encadrement en bois sculpté de l'époque Louis XV.

FAIENCES ANCIENNES

216 — **Nevers.** Très belle et très grande Jardinière, à fond bleu de Perse, chargée d'imbrications, blanches et jaunes. Cette remarquable pièce de forme ovale, est ornée sur la panse de godrons et de feuilles d'acanthe en relief, ses anses détachées de la pièce sont formées par des torses de femme, dont les bras posent à l'orifice en forme de cordes torsées. La base du buste est rattachée à la panse par cinq grandes feuilles d'acanthe ajourées.

L'intérieur de la pièce est décoré de bouquets de fleurs et l'ouverture d'une zone de fleurs et feuillage.

Fabrique de Custode. Long. $0^{m}79$, Larg. $0^{m}48$, Haut. $0^{m}25$.

217 — **Nevers.** Potiche fond bleu de Perse, décors d'imbrications blanches et jaunes, fleurs et oiseaux. (Petite fracture à la base.)
H. 0m 21.

218 — **Nevers.** Petite bouteille fond bleu de Perse, décorée d'imbrications blanches et jaunes, fleurs. (Petites fractures à l'orifice.)
H. 0m 18.

219 — **Nevers.** Porte-Bouquet à trois grandes ouvertures fond bleu de Perse, imbrications blanches.
H. 0m 13, L. 17.

220 — **Nevers.** Plat fond bleu de Perse avec imbrications blanches et jaunes, décorées de fleurs, oiseaux et animaux. (Très belle qualité.)
Diam. 0m 23,05.

221 — **Nevers.** Assiette fond bleu de Perse avec imbrications blanches et jaunes; décorée d'un bouquet de tulipes belle qualité excessivement rare, marquée au revers des lettres N. E. gravées en creux.

222 — **Nevers.** Bouteille fond bleu de Perse, décorée d'imbrications blanches, bouquets de fleurs.

223 — **Nevers.** Beau Plat ovale de l'époque des Conrade, décoré sur le marli, de personnages, fleurs, paysages et oiseaux; au centre, armoirie à imbrications bleues, jaunes et vertes et personnages en costumes du temps de Henri IV. Long. 0m52, Larg. 0m43.

224 — **Nevers.** Plat rond de même époque et fabrication ; le sujet central représente Diane et nymphes au bain ; au dessus, une armoirie à imbrications bleues, jaunes et noires.

Diam. 0m 34.

225 — **Nevers.** Grand Plat rond, décoré sur le marli de fleurs et arabesques vermiculées ; au centre, composition d'après le Tempesta, représentant des muletiers italiens.

Diam. 0m 46.

226 — **Nevers.** Grand Plat rond à décor bleu, le marli chargé de six bouquets de fleurs. Au centre, scène champêtre : Noce villageoise.

Diam. 0m 44.

227 — **Nevers.** Plat drageoir. Décor vert semé de bouquets de fleurs. Armoiries à chevrons jaunes et noirs.

Diam. 0m 23.

228 — **Nevers.** Autre Drageoir. Décor bleu et manganèse. Scène de goût chinois, avec double armoirie surmontée d'une couronne de marquis.

Diam. 0m 25.

229 — **Nevers.** Très grand plat. Décor bleu représentant une Chasse au cerf et au sanglier, d'après Tempesta.

Diam. 0m 50.

230 — **Nevers.** Petit Plat décor bleu. Chasse au lièvre.

Diam. 0m 20.

231 — **Nevers**. Petit Plat décor bleu. Cavalier et fantassin.

Diam. 0m 24.

232 — **Nevers**. Paire de très belles Gourdes à masques en relief et décorées sur la panse de scènes de chasse à courre et à l'affût.

233 — **Nevers**. Deux petits Plats armoriés.

Diam. 0m 24.

234 — **Nevers**. Grand Plat décoré sur le marli de personnages, animaux et fleurs, ainsi que d'une armoirie surchargée d'un lion. Au centre, personnages et paysages alternés avec figures de mendiants, d'après Callot.

235 — **Rouen**. Plat octogone. Décor bleu et rouille. Au centre, très important sujet dans le goût chinois. (Fêlure.)

Long. 0m 33, Larg. 0m 265.

236 — **Rouen**. Beau Compotier octogone. Décor polychrome à guirlandes et à corbeille de fleurs, dite aux cinq couleurs. (Fêlure.)

Diam. 0m 29.

237 — **Rouen**. Deux Plats ovales à bords contournés. Décor polychrome dit au carquois.

Long. 0m 34, Larg. 0m 25.

238 — **Rouen**. Plat rond bords contournés. Décor polychrome dit à la double corne.

Diam. 0m 34.

239 — **Rouen**. Assiette décor polychrome, fleurs de goût chinois.

Diam. 0^m 25.

240 — **Rouen**. Autre Assiette. Décor polychrome dit au cygne très belle qualité.

Diam. 0^m 25.

241 — **Rouen**. Compotier. Décor polychrome dit au carquois.

Diam. 0^m 13.

242 — **Rouen**. Assiette même décor et qualité que le numéro précédent.

Diam. 0^m 24.

243 — **Rouen**. Plat octogone très beau. Décor bleu et rouille riche marli. Au centre, corbeille de fleurs.

Long. 0^m 35, Larg. 0^m 30.

244 — **Rouen**. Grand Plat octogone. Décor bleu. Époque de Pothérat, marli à quadrillés. Au centre, rosace et lambrequin.

Long. 0^m 50, Larg. 0^m 37.

245 — **Rouen**. Plat ovale. Décor polychrome de bouquets, oiseaux et insectes.

Long. 0^m 40, Larg. 0^m 28.

246 — **Rouen**. Petit Plat octogone. Décor bleu et rouille. (Fêlure.)

Long. 0^m 32, Larg. 0^m 24.

247 — **Rouen**. Bannette octogone. Décor bleu, vert et rouille dit de cachemir. Au centre, corbeille de fleurs. (Les anses manquent.

248 — **Rouen**. Cache-pot. Décor bleu dit au lambrequin.

249 — **Rouen**. Grand et beau plat. Décor bleu le marli dit au lambrequin. Au centre, très importante rosace.

Très belle qualité. Diam. 0m52.

250 — **Nevers**. Saladier. Décor bleu. Au centre, Ste Marguerite, une vue du pont du Cher, et du château de Montrichard. Au dessous de la figure, l'inscription suivante : Ste Marguerite, fille Marguerite Le Conte, de Montrichard, 1767. Fêlure.)

251 — **Nevers**. Saladier représentant un cours d'eau avec bateau, tiré sur le chemin de halage par un groupe d'hommes.

252 — **Nevers**. Pot à surprise. Le col ajouré. Décor bleu. La panse représente une religieuse faisant l'aumône, avec l'inscription : Mademoiselle de Choron, mère Coupré, dame très charitable. 1757.

253 — **Nevers**. Pichet. Décor bleu représentant saint Pierre, saint Jean et sainte Madeleine, avec les noms Pierre Rolant, Jeanne Rolant et Magdeleine Rolant. (Fêlure à l'orifice.

254 — **Moustiers.** Beau Plat ovale. Décor bleu. Au centre, très importante composition d'après Bérain.

Diam. 0^m 48. Long. 0^m 33.

255 — **Moustiers.** Assiette. Décor vert et jaune, dit aux grotesques.

256 — **Moustiers.** Plat ovale, décor vert dit aux grotesques. Long. 0^m 41. Larg. 0^m 31. (Fêlure.)

257 — **Moustiers.** Très belle Assiette. Décor polychrome. Grotesques et armoiries.

258 — **Moustiers.** Grand plat ovale. Décor polychrome dit aux grotesques.

Très belle qualité. Long. 0^m 44. Larg. 0^m 32.

259 — **Moustiers.** Plat ovale. Décor polychrome dit aux grotesques. Long. 0^m 43. Larg. 0^m 30. (Fêlure.)

260 — **Moustiers.** Plat rond. Décor bleu. Au centre, une armoirie.

261 — **Delft.** Plat. Décor polychrome vert dit à la feuille de chou.

262 — **Delft.** Assiette de même décor et qualité.

263 — **Delft.** Grand et beau Plat ovale à surface godronnée. Décor bleu représentant une scène de buveurs flamands.

Très belle qualité. Long. 0^m 54. Larg. 0^m 42.

264 — **Delft.** Grand Plat rond. Décor bleu sur le marli et au centre, nombreux sujets chinois.

Très belle qualité. Diamètre 0^m 48.

265 — **Delft**. Assiette. Décor polychrome. Armoirie chargée d'un écureuil e. de trois fleurs de lys. Au-dessous, les lettres R. D.

266 — **Castelli**. Grand Plat rond. Décor polychrome. Le marli chargé de fleurs. Au centre, sujet de chasse à courre. Sur le ciel, une armoirie. (Fêlure.) Diamètre 0m41.

267 — **Castelli**. Autre Plat décoré sur le marli de palmettes et de figures, ainsi que d'une armoirie à tête de nègres. Au centre, chasse au cerf, avec grand cavalier. Diamètre 0m41.

267 *bis* — **Urbino**. Saucière en pâte moulée au pouce représentant au fond Vénus nue et couchée. Petite pièce curieuse.

268 — **Gênes**. Plat rond. Décor bleu. Le marli orné de bouquets de fleurs et d'arabesques. Au centre, animaux chimériques. Diamètre 0m31.

269 — **Caffaggiolo**. Aiguière. Décor bleu et jaune. Haut. 0m24.

270 — **Savone**. Plat ovale à bords festonnés. Marli gaufré. Au centre, ombilic chargé d'une armoirie de décor polychrome. Long. 0m48. Larg. 0m37.

271 — **Lille**. Plat ovale. Décor polychrome dans le goût de Moustiers. Long. 0m34. Larg. 0m24.

272 — **Strasbourg**. Paire de Seaux à bords festonnés, décors polychromes roses. Très belles anses détachées. Haut. 0m23. Diamètre 0m24.

273 — **Strasbourg**. Deux Sucriers à poudre avec leurs plateaux. L'un des couvercles fêlé.

274 — **Strasbourg**. Deux Jardinières ou Verrières. Décor polychrome. Bouquets de fleurs.

275 — **Moustiers**. Pichet ou Chocolatière avec son couvercle. Décor polychrome de fleurs dans le goût de Strasbourg. Cette pièce rare est signée Ferrat à Moustiers.

276 — **Strasbourg**. Pichet, Pot à eau. Décor polychrome anse en étain.

277 — **Aprey**. Deux Jardinières ou Verrières. Décor polychrome, Oiseaux. L'une fêlée.

278 — **Nevers**. Pichet dit Jacqueline. Décors bleu et jaune. Anse torsée.

279 — **Marseille**. Deux Porte-Burettes. Huilier.

280 — **Marseille**. Plat ovale. Décor polychrome. Bouquet d'œillet.

281 — **Marseille**. Deux petites Soupières. Décor polychrome. Bouquets de fleurs par Savy.

Très belle qualité. Les Vasques réparées.

282 — **Marseille**. Écuelle. Décors polychrome. Personnages chinois par Levavasseur.

283 — **Japon**. Très beau Plat époque Chrysanthèmo-Paeonienne décoré à froid, de laque de différents tons rehaussés d'or.

Très belle qualité. Diamètre 0m55.

284 — **Japon**. Deux Bols fromagère avec leurs plateaux. Décors polychromes rehaussés d'or, époque dite Chrysanthèmo-Paeonienne.

285 — **Chine**. Quatre belles Assiettes de la famille rose. Décor dit au rouleau.

286 — **Chine**. Six grandes Assiettes de la famille verte. Belle qualité. Décor, Personnages. Une fêlée.

287 — **Chine**. Neuf très belles Assiettes époque de Kien-Long. Décor polychrome rehaussé d'or dit de modèles.

288 — **Chine**. Quatre très belles Assiettes famille rose. Décor polychrome dit de modèle, représentant une Barque et des Enfants. Une fracturée.

289 — **Chine**. Quatre très belles Assiettes. Décor polychrome à riche marli dit de modèles.

290 — **Chine**. Quatre autres Assiettes famille rose. Décor dit de modèles et de Fon-Hoang.

291 — **Chine**. Deux Plateaux famille verte, époque de Ming. L'un réparé.

292 — **Chine**. Six Assiettes famille rose. Décor de roses.

293 — **Chine**. Deux Compotiers famille verte. Paysage époque Kien-Long. Fêlures.

294 — **Chine**. Trois Assiettes famille rose. Corbeille de fleurs.

295 — **Chine**. Cinq Assiettes. Décor fleurs, insectes et oiseaux.

296 — **Chine**. Grand Compotier famille rose. Décor dit au Coq.

297 — **Chine**. Huit Assiettes famille rose. Décors variés. Bouquets de fleurs.

298 — **Japon**. Grand Compotier. Décors bleu, rouge et or. Oiseaux.

299 — **Japon**. Deux Compotiers. Décor de Chrysanthèmes.

300 — **Japon**. Deux autres Compotiers plus petits.

301 — **Japon**. Six Assiettes. Décor polychrome rehaussé d'or, fleurs.

302 — **Japon**. Quatre autres Assiettes.

303 — **Japon**. Quatre autres.

304 — **Japon**. Cinq autres.

305 — **Japon**. Quatre autres. Fleurs et Rochers.

306 — **Japon**. Huit Assiettes. Décor à la haie et au bambou.

307 — **Japon**. Neuf Assiettes. Décors divers.

308 — **Strasbourg**. Six Assiettes à bords festonnés. Décor polychrome. Fleurs.

309 — **Avignon.** Deux Plats gravés à masques en relief émaillés.

Une Chaufferette.

310 — **Bernard Palissy.** Biberon avec reliefs de feuilles d'acanthe, marguerites, et trois anses détachées. Émaux bruns, bleus, verts et jaunes.

Très belle qualité. Manque le bec.

310 *bis* — **Bernard Palissy.** Très beau Plat à bords ajourés. Émaux de couleur et très beaux vernis. Réparé.

311 — **La Haye.** Service, décor polychrome. Bouquets de fleurs :

Trois Tasses à café.
Cinq Tasses à thé.
Bouteille à thé.
Chocolatière.
Pot à lait.
Théière.
Sucrier.

312 — **Grès Mosan.** Fort jolie petite Cruche ornée sur la panse de bustes de souverains et d'armoiries de France, Saxe et Mecklembourg. Signé : IXEM, 1587.

Haut. $0^{m}19$.

313 — **Grès Mosan.** Théière gravée et émaillée bleue.

314 — **Beauvais.** Bouteille, statuette de femme, émail gris.

315 — **China.** Grosse Soupière décor polychrome, fleurs. Fêlure.)

316 — **Choisy.** Ecuelle et son plateau, semé de grains d'orge.

317 — **Avignon.** Terrine à pâté, émaillée brun, forme ovale.

318 — **Monte-Lupo.** Quatre plats décorés de soldats tenant des arquebuses et des étendards.

319 — **Mayence.** Plat rond, décor polychrome, sur le marli, fruits ; au centre, une armoirie et l'inscription : Hans Conradt Schaffer. Diam. 0m 33.

320 — **Mayence.** Plat rond ; sur le marli des fruits et l'inscription Herr Fremrich, Beller Bürge mesdt Zun iahr Fritli ; armoiries polychromes au centre. Diam. 0m 32.

321 — **Delft.** Quatre Assiettes, décor polychrome, fleurs.

322 — **Hispano Mauresque.** Plat creux, à reflets mordorés, oiseaux, palmettes. Diam. 0m 37.

323 — **Nevers.** Pichet ; homme assis. H. 0m 33.

323 *bis* — **Moustiers.** Plat ovale décoré d'une belle armoirie polychrome.

324 — **Nevers**. Très belle gourde, décorée polychrome sur la panse d'une figure de Bacchus, et de l'autre côté, d'une figure de Neptune.

Cette gourde possède quatre anses torses et porte l'inscription :

Je suis celuy dont la puissance
Régit les fleuves et les mers
Et par leur riche jouissance,
Je comble cent peuples divers
Et de bonheur et d'abondance :
Par moy subsiste l'univers.

Neptune avec sa triste mine
A beaux vanter tous ses appas,
Ce n'est qu'un sot à la cuisine
Je maistrise en tous les repas ;
L'univers iroit en ruine
Si Bachus ne subsistoit pas

Courage, enfants de mon party :
Ne souffrez que cette bouteille
Reçoive en son sein tout bény,
D'autre liqueur que de la treille.

H. 0^m40. Circonf. 0^m70.

325 — **Aprey**. Jardinière, décor polychrome, oiseaux.

326 — **Savone**. Pot à surprise, décoré sur la panse d'une tulipe.

327 — **Nevers**. Porte-bouquet ; tulipe à trois ouvertures, décors bleu, fleurs.

328 — **Nevers**. Deux Carreaux de pavage à décors bleu, représentant des arquebusiers à cheval.

329 — **Strasbourg**. Plateau et neuf petits Pots à crème à surfaces côtelées, décor polychrome.

330 — **Hochst.** Service comprenant chocolatière, Pot à lait, Théière, six Tasses à café, Sucrier, Bouteille à thé, douze Tasses à thé.

331. — **Marseille.** Deux Tasses, décor polychrome.

332 — **Burlsem.** Très jolie Théière, la surface ornée de coquilles Saint-Jacques en relief, et le bec d'une figure d'enfant.

333 — **Poterie gallo-romaine.** Terre sigillée rouge. Bol orné sur la panse d'une zone décorée en relief d'oiseaux et d'arabesques.

Pièce de la plus grande rareté, en parfait état de conservation, trouvée dans les fouilles faites au Bois-aux-Moines, près de Romorantin.

334 — **Strasbourg.** Très jolie Jardinière à décor polychrome de fleurs, à double compartiment, signée du monogramme de Jean Hannong et du n° 222.

335 — **Strasbourg.** Soupière ronde, décor polychrome, fleurs, bouquet de tulipes.

336 — **Rouen.** Pièce de surtout de table, riche décor bleu, dit lambroquin. Long. 0^m32. Larg. 0^m24.

337 — **Moustiers.** Quatre Pièces de surtout de table en forme de croissant contourné, décor bleu de bouquets de tulipes.

338 — **Bavière.** Soupière décor bleu, bouquet fleurs, le couvercle surmonté d'une pomme de pin.

339 — **Sèvres.** Deux Médaillons ovales, à reliefs en biscuit représentant les nymphes Polymnie et Erato.

Ces médaillons sont ornés d'un encadrement de feuilles de chêne en relief, surmontés d'un ruban bleu et or.

340 — **Inconnu.** Grès émaillé. Bénitier représentant la Vierge dans sa gloire ; au revers est écrit : Fait par moi, Jacques Gallet, demeurant à Bellouse, paroisse de Cigron (1758).

341 — **Nevers.** Très beau Bénitier à relief d'ornements et d'une figure de Christ, décor polychrome ; très belle qualité. H. 0m 44.

342 — **Nevers.** La Vierge et l'Enfant ; statuette, décor polychrome, la base ornée d'une tête de Chérubin.

343 — **Rouen.** Fontaine à accrocher et sa vasque, décor polychrome, belle qualité. Haut. de la fontaine 0m 50. Haut. de la vasque 0m 14.

344 — **Moustiers.** Deux Seaux, décor bleu, ornés de guirlandes de fleurs et du chiffre A. M.

345 — **Rhodes.** Beau Plat, décor polychrome de palmettes et tulipes, très belle qualité. Diam. 0m30.

346 — **Saxe.** Plat rond, décor polychrome de bouquets de fleurs. Diam. 0m 31.

347 — **Delft doré.** Deux beaux Plats d'un très riche décor, dit au Perroquet. Diam. 0m 25.

348 — **Delft**. Plat, décor polychrome, dit au Tonnerre.

349 — **Niederviller**. Très jolie petite Jardinière à accrocher ; décor vert et noir, trophée d'instruments de musique.

350 — **Marseille**. Beau Plat ovale, décoré au centre d'une armoirie polychrome et de quantité de mouches et moucherons.

Long. 0m 44, Larg. 0m 32.

351 — **Strasbourg**. Grand Plat rond, décor polychrome d'un œillet (signé du monogramme de Jean Hannong).

Diam. 0m 36.

352 — **Marseille**. Moutardier. Décor polychrome fleurs, par Robert.

353 — **Marseille**. Petit Seau et Plateau, décor polychrome à fleurs.

354 — **Sceaux**. Très jolie Jardinière forme demi-lune, décorée sur le caisson de jolis bouquets de fruits.

355 — **Delft**. Assiette décor polychrome paysage.

356 — **Vron**. Trois Plats, décor de cavaliers et guerriers.

357 — **Nevers**. Deux Appliques ovales, représentant un buste de jeune homme avec écharpe en sautoir et le bras droit en haut relief tenant dans la main droite un bougeoir.

358 — **Nevers**. Autre Applique de travail analogue avec buste de femme, le bras tenant la lumière est mobile, très belle qualité.

359 — **Inde**. Très beau Pot-à-eau et sa Cuvette à relief décor polychrome, rehaussé d'or, époque Louis XV. (Anse réparée.)

360 — **Rouen**. Deux Saucières, décor polychrome à fleurs.

361 — **Rouen**. Joli Pot-à-eau et sa Cuvette, décor bleu.

362 — **Nevers**. Vasque ovale, décor bleu intérieur et extérieur, fleurs et corbeilles de fruits.

363 — **Rouen**. Deux petits Vases rouleaux de pharmacie.

364 — **Nevers**. Très jolie petite Lanterne à main, fort joli décor polychrome à fleurs ; à l'intérieur le nom (Simonet, 1758).

365 — **Nevers**. Six Assiettes patronymique d'un tonnelier nommé Joseph Burat an 12 (1803).

366 — **Rouen**. Assiette patronymique avec l'inscription Cadet petit Laperre, marchand de papier au détail, 1748.

367 — **Rouen**. Compotier à surface godronnée, décor bleu dit lambrequin.

368 — **Rouen**. Deux petits Vases de pharmacie forme rouleau, décor bleu dit lambrequins.

369 — **Rouen.** Crachoir, décor bleu et rouille.

370 — **Rouen.** Vingt Plats environ, décor bleu à corbeilles et guirlandes de fleurs; revers émaillé brun.

371 — **Nevers.** Trois Assiettes décor polychrome, arabesques et paysages.

372 — **Moustier.** Trois Assiettes à décor bleu, armoriées.

373 — **Moustiers.** Plat ovale, décor vert, dit de grotesques.

374 — **Rouen.** Deux Plateaux à bords contournés, ornés sur le marli d'un feston et au centre d'un arbre en bleu.

375 — **Moustiers.** Plat rond décor polychrome, bouquet de fleurs.

376 — **Moustiers.** Assiette décor polychrome sur le marli, décor de fleurs, au centre bouquet.

377 — **Moustiers.** Assiette décor jaune, bouquet de fleurs.

378 — **Varages.** Assiette décor polychrome, chèvre et chien.

379 — **Nevers.** Deux Assiettes. Sujet représentant l'hiver et l'automne; 1793, Julien Rousseau.

380 — **Sinceny.** Compotier bord festonné, au centre décor polychrome.

381 — **Marseille.** Assiette décor polychrome, scène de buveurs.

382 — **Marseille.** Assiette décor vert, armoirie chargée de deux épées.

383 — **Marseille.** Deux Assiettes décor vert, bouquets de fleurs.

374 — **Rouen.** Assiette décor polychrome Louis XV, dit de Guillibaud.

385 — **Nevers.** Assiette décor manganèse, représentant un combat naval.

386 — **Nevers.** Deux Assiettes représentant un homme tenant un drapeau sur lequel est écrit : Vive la loi (1792).

387 — **Nevers.** Assiette à bord festonné avec cavalier, représentant saint Georges, en costume du temps de Louis XV, 1758.

388 — **Faenza.** Coupe en terre Gaufrée, décorée au centre d'une armoirie polychrome.

389 — **Pesaro.** Drageoir émail bleu de Perse, décoré blanc, jaune et or ; au centre, armoirie surmontée d'un chapeau de cardinal.

390 — **Abruzzes.** Plat rond décoré sur le marli de rosace en relief ; au centre, une armoirie polychrome.

391 — **Moustiers.** Deux Assiettes à décor vert, l'une à grotesques.

392 — **Moustiers**. Deux Assiettes décor polychrome, l'une armoriée, l'autre à fleurs.

393 — **Niederviller**. Deux Plats décor polychrome à fleurs.

394 — **Nevers**. Plat rond décor bleu, sur le marli personnages représentant Moïse, et personnages au centre le prophète Elie.

395 — **Nevers**. Plat décor bleu sur le marli, personnages, paysages et armoirie.

396 — **Delft**. Plat à surface godronnée, décor polychrome, goût chinois.

397 — **Marseille**. Grand Plat rond décor vert, bouquet de fleurs.

398 — **Venise**. Assiette à relief sur le marli, décor pochrome à fleurs, signé : H. P.

399 — **Strasbourg**. Deux Plats ovales décor polychrome à fleurs.

400 — **Rouen**. Plat rond, décoré au centre d'une armoirie.

401 — **Strasbourg**. Deux grands Plats ronds, décor polychrome à fleurs.

402 — **Delft**. Plat et Assiette décor bleu et polychrome.

403 — **Marseille**. Quatre Assiettes décor polychrome, arbustes et perroquets.

404 — **Marseille.** Compotier, décor polychrome à personnages.

405 — **Rouen, Moustiers et Milan.** Quatre petits Plateaux à bords festonnés, décor bleu et polychrome.

406 — **Moustiers.** Assiette décor bleu, au centre chiffre L. J. avec couronne comtale.

407 — **Marseille.** Deux Compotiers à bords festonnés, décors polychrome, bouquets de fleurs.

408 — **Lucerne.** Deux Plats, décors fleurs et chiens.

409 — **Nevers.** Petit Plateau et trois Assiettes, décor bleu et polychrome divers.

410 — **Rouen.** Saladier représentant l'intérieur d'une maison de blanchisseuse ou se fait la lessive; pièce fort curieuse. (Fracturée.)

411 — **Nevers.** Saladier représentant le pont de Nevers, au centre, un vaisseau à trois mats avec l'inscription : Deny Boule (1800).

412 — **Rouen.** Bannette, décor polychrome, bouquet de fleurs.

413 — **Nevers.** Saladier, décor de personnage, avec l'inscription : Apollon Berger.

414 — **Inde.** Quatre Assiettes, décors, polychrome divers, dont une armoriée.

415 — **Saxe.** Charles Théodore, deux assiettes décors polychrome fleurs.

416 — **Varages**. Deux Assiettes décors polychrome animaux.

417 — **Clermont**. (Auvergne). Deux Plats ovales bords festonnés, marli à reliefs, décors bleu, fleurs et papillons.

418 — **Strasbourg**. Saucière et son plateau, décor polychrome fleurs.

419 — **Delft** et **Nevers**. Trois Pièces dont une en Nevers.

420 — **Avignon**. Plat avec lézard, grenouille.

421 — **Moustiers**. Plat décor bleu, décor de grotesques.

422 — **Moustiers**. Plat rond, décor jaune, dit de grotesques.

423 — **Moustiers**. Très beau Couvercle, décor polychrome, Personnages sujet de chasse.

424 — **Strasbourg**. Soupière ovale, décor polychrome fleurs.

425 — **Delft**. Soupière ronde, décor polychrome à personnages chinois.

426 — **Rouen**. — Saucière décors bleu et rouille, dit à lambrequin.

427 — **Moustiers**. Deux grands Plats ronds, décor bleu; au centre, bouquet de fleurs.

428 — **Moustiers**. Plat rond, décor polychrome, guirlandes de fleurs et bouquets de fleurs.

429 — **Moustiers**. Plat rond, décor bleu, au centre, armoiries

430 — **Moustiers**. Plat rond, décor bleu au centre, doubles armoiries.

431 — **Moustiers**. Plat rond, décor bleu, fleurs.

432 — **Moustiers**. Deux Plats ovales, décor bleu, fleurs.

433 — **Moustiers**. Deux Plats ronds, décor bleu, fleurs.

434 — **Moustiers**. Plat ovale, décor bleu, au centre bouquet de fleurs.

435 — **Moustiers**. Deux Plats ovales, décor polychrome, guirlandes de fleurs et bouquets au centre.

436 — **Strasbourg**. Grand Plat long ovale décor polychrome fleurs.

437 — **Strasbourg**. Deux autres Plats, décor polychrome avec personnages chinois.

438 — **Strasbourg**. Deux autres Plats, décor polychrome, bouquets fleurs.

439 — **Strasbourg**. Grand Plat ovale, décor polychrome.

440 — **Strasbourg**. Plat rond, même décor.

441 — **Strasbourg**. Autre Plat, même décor.

442 — **Strasbourg**. Cinq autres Plats ovales, de décor analogue.

443 — **Strasbourg**. Deux Plats ovales, décor de bouquets en camaïeu rose.

444 — **Strasbourg**. Grand Plat ovale, décor polychrome fleurs.

445 — **Strasbourg**. Deux Plats ronds, décor polychrome fleurs.

446 — **Paris**. Plat long ovale.

447 à 454 — Environ cinquante pièces anciennes de Diverses fabriques.

FONTES ET FERS ANCIENS

455 — Très grande et très belle paire de Chenets en fonte, du XVIe siècle; ils sont formés par un tronc d'arbre planté sur une roche, devant laquelle est une licorne combattant un lion; debout, sur le rocher et devant le tronc d'arbre, un ange aux ailes éployées tenant un écu armorié de (vair plein).

Sur le tronc d'arbre, entre les ailes de l'ange, est placée la lettre F (François Ier).

Ces remarquables Chenets proviennent de l'ancien château de Chateloup. H. 0m 96.

456 — Paire de très beaux Chenets en fonte, du XVIe siècle.

Ils sont formés par un balustre porté sur deux volutes renversées entre lesquelles est un très beau masque dans la manière de Jean Goujon.

Chaque fût porte un torse de femme vu jusqu'à la ceinture, dont les reins terminés par un enroulement reposent sur un masque de lion.

Chenets d'un très beau style. H. 0m 84.

457 — Paire de Chenets en fonte, époque Louis XIII, formés par un fût se terminant à la base en Y, au sommet est un buste de femme et sur la face, au pied du feu, A. M.

Ces Chenets proviennent de l'abbaye de Marmoutiers, le chiffre est celui de Anne de Maillé.

457 *bis* — Paire de Chenets en fonte (landiers), sur la face desquels est une figure de capucin à longue barbe, époque du XVIe siècle, provenant de l'ancienne abbaye de Marmoutiers. H. 0^m47.

458 — Grande paire de Landiers en fer forgé, portant au sommet des réchauds : à la face de l'un d'eux est un écu aux armes de France et deux têtes de serpent tenant dans la bouche un anneau. H. 1^m13.

459 — Autre paire de Chenets en fer forgé, époque gothique. H. 0^m76.

460 — Une autre paire Chenets du XIVe siècle, en fer forgé, portant au sommet des réchauds. H. 0^m69.

461 — Autre paire Chenets du XIVe siècle, en fer forgé, avec dessins frappés. H. 0^m73.

462 — Autre paire Chenets de même époque, se terminant en crosse. H. 0^m71.

463 — Paire de Chenets fer forgé, du XIVe siècle. H. 0^m79.

464 — Coffret de l'époque gothique, en fer repoussé et ciselé, serrure à meneaux. H. 0m 10. L. 0m 15.

465 — Coffret du XVIe siècle, fer gravé, orné de masques de turcs et de casques de guerriers, ainsi que d'arabesques. H. 0m 10. L. 0m 16.

466 — Autre Coffret du XVIe siècle, fer gravé, orné de personnages, hommes et femmes en pied, costumes du temps de Charles IX. H. 0m 09. L. 0m 16.

467 — Petit Coffret en fer gravé, du XVIe siècle, orné d'arabesques. H. 0m 55. L. 0m 08.

468 — Divers Coffres en fer du XVe et XVIe siècle.

469 — Belle Clef du XVIe dont l'anneau en forme dite Lanterne est repercé, et orné au centre, d'une fleur de lys

470 — Belle Clef du XVIe siècle, le canon orné d'un chapiteau sur lequel repose l'anneau formé de deux figures de Sirènes ciselées.

471 — Clef du XVIe siècle ; le canon ciselé est orné d'un chapiteau surmonté d'un anneau formé de deux Dauphins affrontés.

472 — Clef du XVIe siècle ; le canon triangulaire est surmonté d'une table à quatre colonnettes, sur laquelle repose l'anneau composé de rinceaux à jour.

473 — Anneau d'une clef du XVIe siècle, composé de deux Dauphins affrontés, reposant sur la queue.

474 — Clef du XVIe siècle ; le canon, en forme de trèfle, est orné au sommet, d'une spirale ajourée, sur laquelle repose l'anneau, composé de deux Dauphins affrontés tenant une boule spiralée.

475 — Clef du XVIe siècle : le canon porte un penon en forme d'éventail, et se termine par une table à deux pieds sur laquelle repose une double circonférence surmontée d'un évasement dit Lanterne.

476 — Clef du XVIe siècle ; l'anneau formé par deux dauphins affrontés, séparés par une boule.

477 — Autre Clef de même époque et anneau analogue.

478 — Clef du XVIe siècle, à canon tourné et anneau ajouré.

479 — Autre Clef, de même époque, anneau à doubles volutes renversées.

480 — Clef de l'époque Louis XIII, canon triangulaire, anneau à pieds de bouc et à feuilles d'acanthe.

481 — Autre Clef de même époque, et forme.

482 — Autre Clef de même époque et travail analogue. L'anneau gravé orné de feuilles d'acanthe.

483 — Clef du XVIe siècle, le canon terminé par un chapiteau ajouré.

484 — Clef du XVe siècle, provenant d'un coffret.

485 — Clef du XVe siècle, le canon gravé en spirale, l'anneau ajouré.

486 — Deux autres Clefs de même époque et travail.

487 — Quatre autres Clefs de même époque et travail.

488 — Deux Clefs du XVe siècle, anneau à ogives.

489 — Deux autres Clefs de même époque et travail.

490 — Deux Clefs gothiques, le canon à pans coupés ciselés, l'anneau orné sur sa surface d'une cordelette torsée.

491 — Deux Clefs, époque Louis XIII, anneau tourné et reperce.

492 — Trois autres Clefs de même époque.

493 — Trois autres Clefs de même époque.

494 — Quatre autres Clefs de même époque.

495 — Deux belles Clefs, anneau ovale, repercé et gravé travail du XVe siècle.

496 — Deux autres Clefs de travail analogue.

497 — Deux autres Clefs de travail analogue.

498 — Clef du XVIe siècle, canon court, et gros anneau à rinceaux.

499 — Deux Clefs du XVIe siècle, à anneau simple, tourné sur lui-même.

500 — Deux autres Clefs de travail analogue.

501 — Trois Clefs et un anneau de clef de la fin du xvie siècle, les anneaux tournés simulant des Dauphins.

502 — Deux autres Clefs, le canon de l'une de forme triangulaire, anneaux analogues au numéro précédent.

503 — Trois autres Clefs, de même époque.

504 — Deux autres Clefs de même époque.

505 — Clef de l'époque Romaine, le penon à quatre dents.

506 — Trois autres Clefs de l'époque Gallo-Romaine dont la plus petite à un penon en griffes d'animal.

507 — Quatre Clefs époques Mérovingienne et Gothique, le penon de deux d'entre elles ajouré.

508 — Quatre Clefs de l'époque Gothique xve siècle.

509 — Clef modèle Gothique, et une double Clef avec anneau glissant le long du canon.

510 — Lot de quatre Clefs de diverses époques.

511 — Deux Clefs en cuivre dont une clef de style Gothique.

512 — Cinq Cadenas de l'époque du xive siècle en forme de pommes.

513 — Quatre autres Cadenas de différentes tailles forme demi-losange.

514 — Neuf Cadenas de l'époque Gothique, en forme de demi-cœur, de différentes tailles.

515 — Quatre Cadenas du XVIe siècle, deux à pompe et un petit avec cache-entrée à ressort.

USTENSILES

516 — Moules à Balles en cuivre fondu, à différents calibres, avec poignées à relief, du XVIe siècle, avec sa cuillère à plomb torsée à l'anse.

517 — Poulie du XVe siècle, en fer la roue repercée.

518 — Trois Tire-Bouchons, un Etui et petit système à peser, travail de la Renaissance et époque Louis XIII.

519 — Pince, Casse-Noisette, un Porte-Torche (Porte-Auribus).

520 — Chaine poulaine, avec pince mobile, travail de l'époque Louis XI.

521 — Briquet de chasse en fer gravé ; d'un côté un chien, de l'autre, un fer au milieu d'un ornement ; à cet appareil est fixé un tournevis, pour démonter les fusils, un tire-bouchon et un poinçon, travail de Louis XIV.

522 — Sept Boucles de diverses époques.

VERROUS

523 — Beau Verrou de l'époque de Charles VIII ; plaque carrée, ajourée, ornée d'une belle fleur de lis ; le loqueteau est orné d'une poignée en fer ciselé formant balustre.

524 — Autre beau Verrou de même époque, au chiffre d'Anne de Bretagne.

525 — Deux Verrous au chiffre de François Ier, lettre F surmontée de la couronne royale.

526 — Deux autres Verrous de mêmes époque et travail.

527 — Deux autres Verrous, même époque, même travail.

528 — Beau Verrou du XVIe siècle, en fer découpé, orné de la couronne royale fleurdelisée.

529 — Autre beau Verrou formant le chiffre de Henri II, le croissant de Diane de Poitiers, surmonté d'une fleur de lys.

530 — Autre beau Verrou, chiffre Henri II, surmonté de la couronne royale.

531 — Verrou du commencement du XVIe siècle, orné au sommet d'une petite galerie découpée, fleur de lys.

532 — Deux autres Verrous, de travail analogue et d'un dessin plus gros.

533 — Autre Verrou en fer découpé, avec fleur de lys au sommet, le bouton est orné d'une fleur de lys.

534 — Deux autres Verrous de même époque, ornés de fleurs de lys : les boutons sont ornés de stries.

535 — Trois Verrous de l'époque de Louis XIII, découpés et gravés.

536 — Autre paire de Verrous de même époque et travail.

537 — Deux autres Verrous du xvie siècle, en fer découpé et gravé, travail analogue.

538 — Deux autres Verrous, époque Louis XIII, en fer découpé et gravé, même travail.

539 — Deux autres Verrous du xvie siècle, fer découpé et gravé.

540 — Deux autres Verrous de même modèle.

541 — Deux autres Verrous de même modèle.

542 — Deux Verrous de l'époque de Henri II, fer découpé.

543 — Deux autres Verrous, de l'époque de Henri II, fer découpé.

544 — Verrou du xvie siècle, fer découpé.

545 — Plaque de Verrou en fer découpé, ornée d'une fleur de lys et du chiffre H. et L.

546 — Verrou du xvie siècle, dont le verrou glisse entre deux moulures.

547 — Trois Verrous du xvie siècle, en fer repoussé.

548 — Deux Verrous du xve siècle, à boutons chargés de stries en spirale.

549 — Deux autres Verrous de même époque, les boutons ornés de stries.

550 — Deux autres Verrous du xvie siècle, en fer repoussé, l'un des boutons orné de quatre feuilles.

551 — Deux Verrous époque Louis XIII, fer découpé, angles rabattus.

552 — Verrou du xvie siècle, fer découpé et gravé.

553 — Deux autres Verrous, époque Louis XIII, fer découpé et gravé.

554 — Deux Verrous du xvie siècle, fer découpé, dont l'un orné de fleurs de lys.

555 — Deux Verrous de même époque, fer repoussé ; à l'un manque le loquet.

556 — Deux autres Verrous, même époque ; à l'un, manque le loquet.

557 — Deux Verrous du xvie siècle, en fer découpé.

558 — Deux Verrous du xve siècle.

559 — Quatre autres Verrous, même époque, modèles variés.

560 — Trois autres Verrous, même époque, à plaques découpées.

561 — Deux autres Verrous du XVIe siècle.

562 — Trois autres Verrous, même époque, de formes différentes.

563 — Quatre Verrous de modèles variés.

564 — Deux verrous du XVe siècle, à plaques encadrées et à coulisses pleines.

565 — Deux autres Verrous de même époque et de même style.

566 — Deux autres Verrous de même époque, avec petites frises en trèfles découpées et coulisseau ajouré.

567 — Deux autres Verrous, de travail analogue, mais plus simples.

568 — Deux Verrous du XVe siècle, coulisseaux ajourés, repercés.

569 — Autre Verrou de même époque, coulisseau ajouré, bordé d'une torsade.

570 — Grand et beau Verrou de l'époque Louis XIII, plaque découpée, repercée et repoussée.

571 — Autre Verrou, plus petit, de l'époque Louis XIV.

572 — Six Verrous à plaques en fer découpées, diverses époques.

573 — Grand verrou du XVIe siècle, plaque en fer repoussé.

574 — Deux autres Verrous de même travail et époque.

575 — Trois autres Verrous de même époque et travail.

576 — Trois autres Verrous, dont un plus petit.

577 — Trois autres Verrous de diverses époques, et une plaque sans coulisseau.

LOQUETEAUX

578 — Loqueteau du XVe siècle, en fer découpé, forme d'écu avec parties enroulées sur elles-mêmes ; le loquet ciselé.

579 — Deux Loqueteaux en fer repoussé, le bouton du loquet travaillé en spirale, même époque.

580 — Deux autres Loqueteaux, même époque, en fer découpé.

581 — Deux autres Loqueteaux du XVIe siècle, fer découpé orné d'une fleur de lys ; les boutons travaillés.

582 — Trois Loqueteaux, époque Louis XIII et Louis XIV.

583 — Loquet de porte et fermeture, époque Louis XIV.

584 — Quatre pièces diverses de même époque.

585 — Poignée de porte, masque d'homme, en fer repoussé et repercée (xve siècle).

586 — Très jolie petite Poignée, même époque, représentant une colonne torse au sommet de laquelle est un écu aux armes de France.

587 — Poignée de l'époque du xve siècle, avec roses en fer repoussé à quatre feuilles.

588 — Autre Poignée plus grande, de même époque, avec roses en fer découpé, à quatre fleurs de lys.

589 — Deux belles Poignées du xvie siècle, provenant d'un coffre en fer gravé et ciselé, avec ses tenons et deux roses en fer repoussé.

590 — Heurtoir en fer gravé, avec son anneau et rosace découpés.

591 — Heurtoir du xve siècle, forme balustre, avec son tenon et sa rosace.

592 — Heurtoir de forme analogue, mais du xvie siècle, et ses accessoires.

593 — Autre Heurtoir en fer tourné, xvie siècle.

594 — Quatre Poignées, forme balustre, xvie siècle.

595 — Trois Poignées, plus petites, même époque.

596 — Trois Heurtoirs du XVIe siècle, modèle à balustre, dont deux recourbés.

597 — Heurtoir époque Louis XIII, modèle à balustre recourbé, avec sa rosace.

598 — Heurtoir du XVIe siècle, à balustre terminé par un gland de chêne.

599 — Deux Heurtoirs dont un avec rosace découpée, époque Louis XIII.

600 — Deux autres Heurtoirs de même époque dont un plus petit.

601 — Autre Heurtoir même époque, dont le tenon est orné d'une coquille.

602 — Quatre petites Poignées forme Heurtoir, provenant de coffres, avec roses découpées et repoussées.

603 — Poignée de porte époque Louis XIII, avec double rosace en fer découpé.

SERRURES

604 — Très belle serrure gothique du XIVe siècle, avec cache-entrée, ornée de meneaux gothiques, décorée de plaques repercées à jour, et d'un moraillon sur lequel est un serpent s'enroulant sur lui-même.

Pièce d'une très belle époque, dite gothique flamboyant.

605 — Plaque de serrure même époque, avec trois meneaux et plaques repercées à jour.

606 — Serrure du xvie siècle avec cache-entrée, plaque repercée de style flamboyant, au dessus du cache-entrée est une statuette d'homme vêtu de feuillage.

607 — Autre Serrure du xve, plaques repercées à jour avec moraillon sur lequel est un lézard.

608 — Serrure du xvie siècle avec encadrement découpé.

609 — Autre Serrure de même époque et même style. avec trois clochetons de meneau.

610 — Autre Serrure de même époque avec meneau mobile servant de cache-entrée.

611 — Serrure du xive siècle, plaque encadrée avec trois bandes dont une cache l'entrée.

612 — Deux verrous de même époque, dont la glissoire est en fer percé à jour.

613 — Belle Serrure gothique incomplète époque gothique flamboyant.

614 — Verrou gothique avec plaque en fer repercé ainsi que la glissoire.

615 — Deux autres Verrous de même époque et travail analogue.

616 — Deux Plaques de serrures époque gothique.

617 — Trois autres Serrures même époque,

618 — Très belle Serrure à loquet du XIVe siècle: la plaque repercée à jour est d'un très beau style flamboyant.

619 — Autre belle Serrure de même époque, plaque repercée à jour avec beaux clous; cette serrure est montée sur un panneau de même époque.

620 — Deux Serrures du XVIe siècle avec plaques à colonnettes.

621 — Autre Serrure de même epoque avec moraillon orné d'un lézard.

622 — Deux Poignées de portes dont une avec anneau mobile en fer torsé, époque gothique.

623 — Serrure gothique, provenant d'un coffre, XVe siècle.

624 — Deux autres Serrures du XVIe siècle, époque gothique, en fer découpé.

625 — Trois autres Serrures gothique du XVe siècle, en fer découpé.

626 — Trois autres serrures de même époque et même travail.

626 *bis* — Jolie Serrure du XVIe siècle avec cache-entrée et verrou à secret, ornée sur la plaque de deux fleurs de lys.

627 — Serrure rectangulaire de l'époque de Henri IV, plaque intérieure découpée, repercée à jour et gravée.

628 — Autre Serrure de même époque et travail analogue avec sa clef.

629 — Autre Serrure de même époque et travail analogue, plus petite que la précédente.

630 — Trois verrous de diverses époques.

631 — Cinq Entrées de Serrures du XVIe siècle en fer repoussé, travail français.

632 — Très belle Entrée de Serrure du XVIe siècle, en fer découpé, gravée d'animaux chimériques.

633 — Six Entrées de Serrures époques du XVIe et XVIIe siècles.

634 — Six autres Serrures des mêmes époques dont une gravée, ornée de dauphins.

635 — Deux Pentures de Serrures époque Louis XIII.

636 — Quatre Pièces et le Loquet en fer découpé et gravé, beau travail du XVIIe siècle.

637 — Poignée de porte avec plaque en fer découpé. époque Louis XIV.

638 — Beau Heurtoir de l'époque gothique, formé par une plaque en fer découpé avec meneau torsé, XVe siècle.

639 — Quatre Charnières doubles de l'époque du xve siècle, avec encadrement et petites frises ciselées.

640 — Paire de Charnières même époque en fer repercé, découpé, ornées de fleurs de lys.

641 — Deux Charnières même travail, époque du xve siècle.

642 — Deux paires de Charnières et sept Pentures à gonds, mêmes travail et époque.

643 — Trois Pentures horizontales, mêmes travail et époque.

644 — Dix-neuf Rondelles et Rosaces découpées à jour, époques Louis XIII et Louis XIV, provenant de portes.

645 — Environ cinquante Pièces : Clous, Crochets, Charnières, des époques gothique et de la renaissance.

646 — Trois Pentures en fer découpé et gravé du xve siècle, joli travail français.

647 — Deux Serrures du xvie siècle.

648 — Quatre Pentures époque Louis XIII en fer, repoussé, gravé et étamé.

649 — Eperon mérovingien.

650 — Paire d'Éperons du temps de Charles VI.

651 — Autre paire d'Éperons de la même époque et un débris.

652 — Trois Éperons en bronze, époque de Charles VII.

653 — Éperon de chevalier en fer gravé, époque de Charles VIII.

654 — Deux Éperons époque de François Ier.

655 — Éperon de l'époque de Charles IX, la mollette en fer repercé.

656 — Paire Éperons époque de Henri IV, repercés à jour et gravés.

657 — Éperon italien du XVIe siècle, en bronze, avec cariatide et ornements.

658 — Deux Éperons de souliers avec vis pour la chaussure, époque Louis XIV.

659 — Deux autres paires d'Éperons, même époque et travail.

660 — Paire d'Éperons avec mollettes à grandes pointes et ses accessoires, le tout en fer doré, époque Louis XIV.

661 — Deux Éperons dont un de postillon, même époque.

662 — Étrier à grille du XVIe siècle, restes de ciselure et de damasquine d'argent.

663 — Partie de Mors époque mérovingienne en fer, avec anneau, passage de langue et chainette.

664 — Mors en fer, fin du XVIe siècle avec ses accessoires.

665 — Un Mors et un Caveçon d'ours.

666 — Fer à grille de l'époque romaine

667 — Trois autres fers à grille de l'époque gallo-romaine.

668 — Trois autres Fers à grille pour mules.

669 — Trois autres Fers à grille et deux à griffes.

670 — Ambon de batelier dont la partie recourbée se termine par une tête de poisson, époque mérovingienne.

671 — Fauchard de soldat franc, après la pièce est un appendice permettant d'y accrocher le fanal; cette pièce était gravée.

672 — Chef de hallebarde du XVe siècle dont le croisillon est formé d'un double croissant.

673 — Poignard du XVIe siècle dont la garde à quillons recourbés est ornée d'une grille ajourée.

674 — Lance gothique, forme dite langue de bœuf.

675 — Instrument de jardinage en fer, formant couperet, crochet, sécateur à longue tige, époque du XVIe siècle; sur le dos de la lame est figuré un croissant, une fleur de lys et deux autres attributs.

676 — Fauchard, dit coupe-jarrets, fin du XVIe siècle; la hampe semée de petits clous de cuivre.

677 — Hallebarde de l'époque de Henri IV, fer découpé, fort jolie forme.

678 — Sceptre de chef des hallebardiers du roi; pièce excessivement curieuse, de forme mignonne, que portait dans les cérémonies le chef des hallebardiers.

679 — Pertuisane du XVIe siècle, très jolie forme.

680 — Quatre Piques des gardes nationales de France, en 1792.

681 — Épieu à barette, autre Épieu et une Fourche à sanglier.

682 — Petite Potence de l'époque Louis XIV, fixée sur une tige ornementée d'une double fleur de lys, placée en équerre.

683 — Épis de faitage, au sommet duquel est une fleur de lys.

684 — Grille de devant de foyer à deux poignées en fer découpé; au centre, une armoirie; travail de l'époque Louis XIV.

685 — Poignée de porte avec son anneau en fer torsé, époque gothique

686 — Trident, Porte-Fanal et une Fouine.

687 — Beau Fusil de chasse à deux coups, époque de Louis XVI, canon damasquiné d'or, garni en argent ciselé ; signé Cazes, arquebusier du roi, à Paris.

688 — Fusil à deux coups, époque Louis XV, crosse incrustée d'argent en filigrane, avec garniture en argent ciselé, fonds dorés, les batteries en acier ciselé ; signé P. Girard et Cie.

689 — Fusil de l'époque Louis XV, sept Casques de diverses époques, trouvés dans les fouilles faites à Blois.

690 — Poire à poudre de l'époque de Henri IV, en os gravé avec ses ferrures ; le sujet représente une femme de l'époque, un grand vase à la main.

691 — Cotte de maille dentelée avec dessins cuivre, ainsi que son collet et sa garniture en velours, du temps xive siècle.

692 — Poignard oriental, lame en damas gris, damasquiné d'or.

693 à 699 inclus. — Sous ces numéros, divers Morceaux provenant d'armes et d'armures.

TAPISSERIES

700 — Suite de trois très belles Tapisseries représentant les Chasses de Charles-Quint; elles sont entourées de bordures d'une riche ornementation, de fleurs, fruits et oiseaux; aux angles et au centre, trophées de chasse, avec cor, carquois et accessoires; fabrique de Bruxelles.

Marquées B [écusson] B. E. L. Vambeck.

H. 3m50. L. 3m.

H. 3m50. L. 2m85. Il manque à celle-ci une bordure au bas.

H. 3m50. L. 3m80.

Ces Tapisseries sont fort belles de couleur et la même suite existe au château de Pau et au Garde-Meuble.

701 — Série de Bordures et Morceaux de bordures du XVIe siècle.

702 — Portière époque Louis XIV, verdure à sujet de chasse et enfants jouant au cheval fondu; manufacture d'Aubusson.

Marquée A [fleur de lys] B. H. 2m90. L. 2m30.

703 — Quatre morceaux de Tapisseries à personnages du XVIe siècle.

704 — Portière du XVIe siècle : Chasseur tenant un épieu. H. 2m20. L. 1m.

705 — Quatre morceaux à personnages, tapisserie du XVIe siècle.

706 — Autre Tapisserie de même époque : Chasse au lion; costumes Henri IV.

707 — Belle Tapisserie du xvie siècle, avec personnages en riche costumes : scène de l'histoire de Moïse, bordure de fruits. La Fureur du roy s'estingnit, quand Moïse au charbo mordit. H. 3[m] 40. L. 4[m] 20.

708 — Tapisserie du xvie siècle (Chasse au cerf), costumes de Henri IV.

709 — Tapisserie au point à l'aiguille en soie, verdure avec saint baptisant Jésus. Très riche bordure travail de l'époque Louis XIV. H. 2[m] 60. L. 4[m] 50.

710 — Tapisserie du xvie siècle (Chasse dans un parc avec Château au centre). Deux bordures ornées de sujets à personnages.

711 — Autre Tapisserie de même époque, représentant David revenant de vaincre Goliath. Trois bordures.

712 — Sous ce numéro, quantité de Morceaux provenant de tapisseries d'Aubusson et du xvie siècle.

713 — Sous ce numéro, divers Morceaux de Bordures.

714 — Grand Panneau toile de peinte à la détrempe, représentant Télemaque, Calypso et ses Nymphes. H. 5[m]. L. 5[m] 25.

715 — Sous ce numéro, diverses autres Toiles peintes.

716 — Ecran en tapisserie au point, à personnages, monture en noyer sculpté, époque Louis XIV.

717 à 724 — Sous ces numéros ,seront vendus quantité de Morceaux de Tapisseries.

OBJETS DIVERS

725 — Divers Panneaux de coffres du xve siècle en noyer, à arceaux, fleurettes et armes de France.

726 — Environ cinquante Panneaux de Meubles des xve et xvie siècles, à arceaux gothiques, rinceaux, serviettes.

727 à 730 — Sous ces numéros, seront vendus différentes Baguettes et Cadres en bois sculpté non décrits.

731 — Belle Fontaine à accrocher en cuivre rouge repoussé ; la fontaine et la vasque ornées d'une armoirie surmontée d'une couronne de marquis avec deux lions.

732 — Autre Fontaine à accrocher, avec sa vasque, en cuivre rouge uni.

733 — Grand Pot à eau et grand Plat en étain, époque Louis XIII.

734 — Plat en étain, avec trois compartiments.

735 — Cartel Porte-Montre en bois sculpté, époque Louis XV.

736 Très beau Bois de cerf. H. 1m.

737 — Autre Bois de cerf. H. 1m.

738 — Hure de sanglier.

739 — Sanglier assis Statuette en serpentine (de Piétra Santa). H. 0m 44.

740 — Petit Bas-relief en bois sculpté, représentant des Vendanges d'enfants.

741 — Petit Bas-Relief en bois sculpté, représentant un écu chargé d'un Phénix et d'une face avec trois coquilles ayant pour support deux Amours aux ailes éployées, très beau travail italien du XVIe siècle.

741 *bis*

— Belle Bande du XVIe siècle, broderie sur fond de drap vert, arabesques et enfants. Long. 1m 80.

— Grand Lambrequin en tapisserie au point, époque Louis XIV, fleurs sur fond blanc. H. 0m 47, L. 3m.

— Morceau de Tapisserie au point, avec enfants jouant à divers jeux ; époque Louis XIV.

— Deux Bandes Tapisserie au point, du XVIe siècle.

— Siège en Tapisserie au point Louis XIV, personnages.

741 *bis* — Pentures en point de Hongrie et Morceaux divers de même travail.
— Armoirie surmontée d'un cimier à casque tissée or.

742 — Garniture de Coffre, composée de huit pièces d'angles et une entrée de serrure, en cuivre repoussé et doré, époque Louis XIII.

743 — Autre Garniture de Coffre, composée de six pièces d'angles et une entrée de serrure, cuivre découpé et doré de l'époque Henri IV.

744 — Deux Chutes en bronze, époque Louis XIV, bien ciselé.

745 — Neuf Entrées de Serrures en bronze fondu, surmontées d'une fleur de lys, époque Louis XIII.

746 — Trois autres Entrées de Serrures époque Louis XIV, à masques barbus, bien ciselées.

747 — Deux très belles Entrées en bronze fondu et ciselé, XVIe siècle ; l'une avec deux masques de Gorgones, l'autre ornée d'arabesques.

748 — Six Entrées de Serrures époque Louis XIII, en cuivre fondu, modèles divers.

749 — Deux grandes Entrées du XVIe siècle, en bronze ajouré, ciselé et doré.

750 — Six Entrées de Serrures ; deux de l'époque Louis XIII, deux de l'époque Louis XIV, et deux de l'époque Louis XV.

751 — Applique en bronze de deux pièces, comprenant l'une le roi Louis XIV enfant, l'autre composée d'une palmette et de la couronne royale.

752 — Trois Appliques, cavaliers romains combattant, époque Louis XIII.

753 — Trois petites Appliques dont deux mousquetaires, et un hallebardier, époque Louis XIII.

754 — Grosse bossette de l'époque Louis XIII en bronze fondu et une entrée en bronze, même époque.

655 — Deux Flambeaux à pieds carrés, balustres tournés en cuivre jaune, époque de Henri IV.

756 — Lot de morceaux de bronze divers.

757 — Petit Plat ancien en étain, le marli est couvert de onze médaillons représentant des archiducs au centre, effigie équestre de Ferdinand II, 1658.

758 — Autre petit Plat en galvanoplastie.

759 — Autre beau Plat ancien étain, représentant au centre Henri III de Pologne et les Magnats.

760 — Cuivre repoussé de l'époque Louis XIII, représentant un mousquetaire à cheval, ciselé et doré.

761 — Lot considérable de Cuirs anciens de Hollande, époque Louis XIII, à fond mordoré, peints rinçeaux et arabesques, fruits, fleurs et oiseaux.

762 — Autre lot Cuirs anciens de Cordoue, gaufrés, peints et dorés.

763 — Statuette de Vierge en bois sculpté ; beau travail de l'époque Louis XIV.

764 — Hure de sanglier, empaillée.

765 — Deux Flambeaux en bois sculpté, dorés et peints, travaux du XVIe siècle, riche ornementation de sirènes et figures d'anges.

766 — Deux Tables de l'époque Louis XIII, reliées par un X en bois découpé.

767 — Deux très jolies petites étagères, même époque, à colonnettes torses tournées et balustrades.

768 — Baromètre de l'époque Louis XVI, bois sculpté doré.

OBJETS PROVENANT DE LA PROPRIÉTÉ DITE « LA PLANTE D'OR »

769 — **Nevers**. Qua[illegible] Carreaux décorés bleu et maganèse à figures représentant les Saisons.

770 — **Delft**. Dix-huit Carreaux de revêtement, décor de paysage en jaune et manganèse.

771 — Très belle glace de l'époque Louis XV, cadre en bois sculpté et doré.

H. 1m40, L. 1m.

772 — Socle de Pendule à accrocher, en marqueterie de Boulle.

773 — Sous ce numéro, environ 75 Verres de Bohême et de Flandre, dont plusieurs gravés.

774 — Sous ce numéro, différents Vases, Bouteilles, Cuvettes et Plateaux, en verre ancien de Venise, de Bohême et de Flandre, dont plusieurs pièces gravées et armoriées.

775 — Petit Lustre ancien en verre de Venise, avec agréments de couleurs, époque Louis XIV.

776 — Autre grand Lustre en verre ancien de Venise avec agréments de couleurs, époque Louis XIV.

777 — **Rouen**. Plat ovale, décor polychrome sur le marli d'un dessin de cachemire, au centre une corbeille de fleurs.

778 — **Rouen**. Plat octogone décor bleu, au centre double armoirie.

779 — **Castelli**. Plat rond décor polychrome représentant la vendange.

780 — **Apt**. Saucière émail, extérieur jaune, décor polychrome.

781 — **Moustiers**. Saucière décor vert, dits grotesques.

782 — **Moustiers.** Très belle Écuelle décor bleu, arabesques et guirlande à l'intérieur; une Armoirie datée de 1758.

784 — **Nevers.** Petit Vase à deux anses émail bleu.

785 — **Strasbourg.** Deux Saucières décor polychrome à fleurs.

786 — **St-Amand.** Quatre Assiettes décor super blanco.

787 — **Beauvais.** Tonnelet en grès cérame avec personnage à cheval en costume Louis XV, ayant devant lui verre et bouteille.

788 — **Rubelles.** Sept Assiettes émail vert.

789 — **St-Omer.** Six Assiettes décor vert, personnages grotesques de l'époque Louis XV.

790 — **Rouen.** Plat octogone et deux plats ovales décor bleu.

791 — **Rouen.** Trois Plats ovales, décor polychrome bouquets de fleurs.

792 — **Minton.** Quatre Assiettes à bord festonnés, deux Assiettes octogones et une de couleur.

793 — **Delft.** Assiette décor polychrome vase de fleurs.

794 — **Monte lupo.** Plat rond décoré d'un hallebardier.

795 — **Rouen.** Plat octogone décoré fleurs et portant le monogramme de Guillibaud.

796 — **Rouen.** Deux Assiettes décors divers.

797 — **Urbino**. Deux Plats ronds et ovales.

798 — **Beauvais**. Cuisinière à rôtir la volaille, émail brun.

799 — **Beauvais**. Pichet avec masque d'abbé.

800 — **Nevers**. Petite gourde en forme de tonnelet d'un côté vive le roi et de l'autre vive la loi.

800 *bis*. — Pot-à-eau en verre et sa Cuvette, époque de Louis XVI.

801 — **Choisy**. Corbeille avec son couvercle et plateau.

802 — **Beauvais**. Pièce émaillée.

803 — **Delft**. Trois Plats décor bleu.

804 — **Rouen**. Deux Encriers décor polychrome bleu et rouge.

805 — **Choisy**. Douze Assiettes à marli ajouré.

806 — **Rouen**. Assiette décor polychrome dit à la corne Tronquette.

807 — **Rouen**. Plat rond à fond lilas avec cinq réserves ornées de fleurs.

808 — **Marseille**. Deux Assiettes décor polychrome danseurs et buveurs.

809 — **Moustiers**. Assiette décor de grotesques par Cléry.

810 — **Moustiers**. Quatre Assiettes décors divers.

811 — **Delft.** Plat rond polychrome décor dit à la feuille de chou.

812 — **Delft.** Plat et Assiette décor polychrome dit au tonnerre.

813 — Sous ce numéro, quantité d'objets omis.

814 — **École française.** Buste de femme, grandeur nature. Terre cuite de l'époque Louis XV.

815 — Sous ce numéro seront vendus les Ustensiles de cuisine anciens, tels que : Marmites, Poissonniers, Daubes, Casseroles, Plats, Assiettes, Grils, Pincettes, etc., etc. En cuivre jaune et rouge gravés et repoussés, étain et fer forgé.

816 — Sous ce numéro, le Mobilier moderne.

817 — Chevaux, Voitures, Harnais et Ustensiles divers.

818. — Tous les Objets omis.

Vve Renou et Maulde, imprimeurs de la Compagnie des Commissaires-Priseurs
rue de Rivoli, 144. 700—78s60

RED. :
22

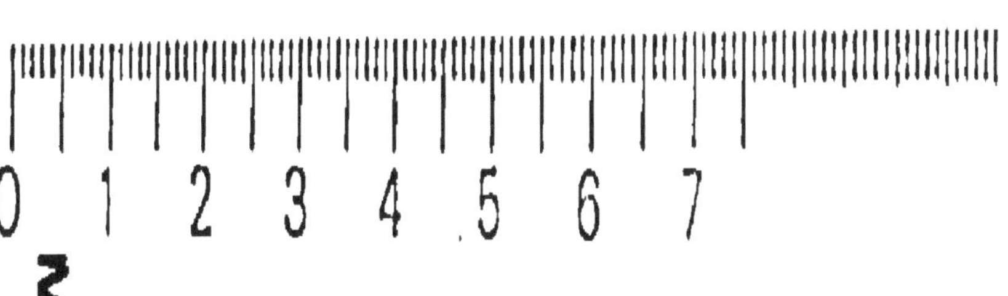
0 1 2 3 4 5 6 7

www.ingramcontent.com/pod-product-compliance
Ingram Content Group UK Ltd.
Pitfield, Milton Keynes, MK11 3LW, UK
UKHW021120260726
13994UKWH00002B/950